POUR LA PATRIE

2 NOVEMBRE 1870

les Prussiens à Rougemont.

HAUT RHIN

1⁵ʰ / 4ʰ
1272

pour dépôt
tirage 500 e

Belfort le 3 Dec. 1888

POUR LA PATRIE

2 NOVEMBRE 1870

les Prussiens à Rougemont.

HAUT RHIN

ÉPISODE DE LA GUERRE DE 1870

ARRIVÉE A ROUGEMONT-LE-CHATEAU (16 KILOM. DE BELFORT),
DE LA 1re COLONNE DE L'ARMÉE ALLEMANDE SE RENDANT
AU SIÈGE DE BELFORT. — COMBAT LIVRÉ PAR LA GARDE-
NATIONALE. — BOMBARDEMENT DU VILLAGE. — RACONTÉ
D'APRÈS LES SOUVENIRS ET LES TÉMOIGNAGES DE TÉMOINS
OCULAIRES.

Le 2 Novembre, jour des Morts, les habitants de la
paroisse qui comprend les trois communes de Rougemont,
Romagny et Leval, se préparèrent, comme les années précé-
dentes, à se rendre à la grand'messe des Trépassés. L'office
devait commencer à 9 heures du matin.

Une heure au moins avant l'appel des cloches, un tambour
avait battu le rappel sur la place du Marronnier, arbre de la
Liberté, planté en 1789.

On exécutait les ordres de M. Géhin, propriétaire et
marchand de vin à Chaux (7 kilom. de Belfort, 10 kilom. de
Rougemont). Pendant de longues années, il avait dirigé le
roulage de la Maison Scheurer-Kestner, de Bellevue-Chaux à
Thann. Il avait acquis dans ses nombreux voyages un grand
renom d'intrépidité et il n'était guère connu dans toute la
région que sous la dénomination de Nicolas. Bref, à l'organisation de la défense, on l'avait nommé Lieutenant de la garde
nationale de Chaux, sous les ordres de M. Pourchot, Maire
du village, qui avait le grade de Capitaine.

Avec les faibles ressources dont on disposait, ces Messieurs avaient parfaitement répondu aux obligations patriotiques du moment, et ce n'est que rarement que le Lieutenant Géhin répondait au bravades des mauvais plaisants.

« Laissez-les venir ces Prussiens, disait-il, vous verrez que nous ne les craignons pas et que nous saurons faire notre devoir. »

Donc le matin du 2 Novembre, notre Lieutenant venait d'arriver à Rougemont, à la tête d'une quarantaine d'hommes, tous bien décidés, rassemblés à Chaux, à Giromagny, à Etueffont-Haut, sur sa route ou dans les pays environnants.

Il comptait faire de nouvelles recrues à Rougemont et grossir ainsi sa petite armée comme il l'appelait.

Partis de Chaux avant le jour, ces enfants perdus étaient à Etueffont-Haut à 6 heures du matin, formaient les faisceaux et appelaient à eux tous les hommes valides, en interpellant vertement tous ceux qui refusaient de se mettre à leur suite.

Peu après, on les voyait à Rougemont, dernière halte et rendez-vous général.

Il est bon d'ajouter que le gros de la garde nationale de la région avait aussi pris les armes et se mettait en marche dans la matinée.

Mais le Commandant Géhin et ses volontaires n'avaient rien voulu entendre. N'écoutant que leur bouillant patriotisme, ils avaient pris les devants, de leur plein gré et pour leur propre compte.

M. Lanoir, Commandant d'un bataillon de mobiles de la Haute-Saône, détaché depuis plus d'un mois à Auxelles-Bas, s'avançait aussi à la tête de sa troupe que nous trouvons à Petit-Magny (6 kilom. de Rougemont), vers deux heures de l'après-midi.

Ces braves jeunes gens, bien que voyant le feu pour la première fois, se conduisirent vaillamment. Ils battirent en retraite sur Belfort, laissant vingt-trois morts sur le terrain.

M. Lanoir fut tué quelques jours plus tard, en avant du village de Perouse, dans un combat glorieux mais fort inégal, livré à l'avant-garde de l'ennemi.

Revenons au Lieutenant Géhin.

Plus de cinq cents personnes, venues de partout, gardes-nationaux armés ou simples curieux, avaient suivi de loin, en s'échelonnant le long de la route, sur les hauteurs et dans les bois voisins.

Parmi cette foule disparate se trouvaient nombre d'anciens soldats ayant fait campagne: Afrique, Crimée, Italie, Mexique, etc.

Courageux, braves et patriotes, mais non téméraires, et possédant une expérience chèrement acquise, ils voulaient bien faire le coup feu et « abattre des Prussiens » mais en franc-tireurs, espérant par là échapper au danger et se conserver ainsi à leurs familles et à leurs enfants.

Ils s'avançaient donc prudemment, sondant le terrain et marquant à l'avance les sentiers de retraite. Tout cela se faisait simplement, naturellement et par la seule initiative individuelle.

Telles n'étaient pas les qualités de notre petite avant-garde d'enfants perdus. Chez eux, aucune précaution. Ils allaient aveuglément, au premier mot de leur chef. A son exemple, ils marchaient fièrement, le képi sur l'oreille, sans se demander à quoi aboutirait leur échauffourée et sans l'avoir demandé à leur Commandant qui l'ignorait probablement lui-même.

Il y a lieu de supposer qu'ils comptaient gagner le Champ-des-Fourches (ainsi nommé en souvenir des Fourches patibulaires du temps des Seigneurs de Rottembourg), qui domine Rougemont à l'Est, à 1 kilom et demi, à peu près, sur la route de Rougemont à Masevaux, et occuper les hauteurs boisées qui surplombent la route, faire le coup de feu, puis battre en retraite à travers la forêt.

Les Prussiens campaient depuis deux jours à Sentheim (6 kilom. de Rougemont). Quelques habitants de Rougemont avaient poussé une reconnaissance dans ce village.

On avait vu et entendu les soldats ennemis dans les auberges de l'endroit; on s'était aguerri en leur causant « en allemand » et on avait trouvé qu'ils étaient « lourdauds et pas du tout féroces. »

Des coups de feu avaient même été tirés sur les postes avancés de l'ennemi, en avant du pont de Sentheim.

Au retour de ces messagers aventureux qui avaient jugé par trop à la légère (ce qu'on ne ferait plus aujourd'hui), l'avant-garde de l'armée d'investissement de Belfort, beaucoup de gardes-nationaux, sans tenir aucun compte de nos effroyables défaites, s'étaient promis avec une certaine crânerie, de faire un bon usage du pauvre fusil à piston qu'on maniait, sinon avec beaucoup d'adresse, tout au moins patriotiquement, le dimanche, à l'exercice et à certains moments perdus. Soit dit en passant et sans aucune prétention technique, ce fusil laissait bien à désirer. Très lourd, à la détente excessivement raide, il était bien difficile d'en obtenir une précision de tir même médiocre. Le fusil à tabatière des mobiles ne valait guère mieux.

Le Lieutenant de la garde nationale de Rougemont, alors Directeur d'un tissage à Rougemont même, qui s'était compromis dans la reconnaissance de Sentheim, avait jugé prudent de quitter le pays.

Ses hommes furent donc laissés à leur propre inspiration. Il en fut de même de la petite compagnie des sapeurs-pompiers que l'on avait aussi armée et à peu près équipée.

Les quelques séances d'exercice et de tir auxquelles on s'était appliqué pendant les dernières semaines avaient produit des résultats et nombre de ces hommes connaissaient leur arme. Il n'en était pas de même des sédentaires d'Etueffont-Haut. Le matin même, sur la place de leur village, on avait montré à ces intrépides volontaires comment on chargeait et comment fonctionnait le fusil.

Rappelons, qu'à la date du 2 Novembre, il ne restait plus dans le pays que des hommes d'un âge assez avancé.

Tous les célibataires avaient répondu au canon d'alarme. On les avait enrôlés dans les régiments de marche ou dans les compagnies de francs-tireurs. On ne trouvait plus dans nos villages que les hommes mariés ou les vieux garçons invalides.

Cela connu, on voit du premier coup d'œil de quoi se composait la bande que nous appellerons *témérairement héroïque* et la grande et curieuse arrière-garde qui suivait, sur une longueur de plus de 8 kilomètres.

Le rappel battu sur la place de Rougemont, et pour se donner du cœur au ventre, chacun s'étant ingurgité son dernier fil-de-fer (petit verre d'eau-de-vie), le tambour prit la tête à la voix décidée de l'intrépide Géhin, que personne, ni parents, ni amis, ni femme, ni enfants, n'avaient pu détourner de son projet.

Sa bande avait grossi. Des gardes-nationaux de Rougemont et plusieurs sapeurs-pompiers s'étaient joints à ses hommes. Mais le plus grand nombre, récusant toute autorité, prenait leur chemin à travers bois, par des sentiers connus de longue date.

Voilà donc notre troupe, sur qui va se concentrer maintenant tout l'intérêt de notre narration, définitivement sur le chemin de la mort ou de la victoire.

Un certain nombre de ces guerriers improvisés, tous habillés de la blouse bleue, que l'on peut dire nationale, quelques-uns coiffés du képi traditionnel, d'autres de la cape bleu-blanc du paysan, savaient, disait-on, parfaitement se servir de leurs armes. Plusieurs, chasseurs ou braconniers de profession — dans le langage populaire, c'est tout un — passaient pour d'excellents tireurs, avaient donné leurs preuves et pouvaient conter maints exploits cynégétiques où ils avaient figuré comme acteurs et comme héros. Mais la plupart étaient bons, tout au plus, pour tirer dans le tas.

Pendant qu'ils s'acheminent, tambour battant, sur la route de Masevaux, voyons quelle était la physionomie du village et des pays voisins. La messe des trépassés avait sonné à Rougemont et dans les villages environnants.

On s'était rendu à l'office, mais quantité de fidèles s'étaient abstenus et attendaient, chez eux ou aux environs, avec une fiévreuse curiosité, plutôt qu'avec terreur, l'arrivée des Allemands. On s'abordait en se disant : « Ils arrivent, on le sait depuis hier soir et le Commandant Géhin est allé au-devant. »

Le maire de Rougemont, M. Alphonse Heidet, parcourait les rues engageant tous les hommes armés et surtout les sapeurs-pompiers à se porter au-devant de l'ennemi.

On travaillait à Rougemont dans les trois usines. Chacun était resté libre de se rendre à son travail ou d'attendre les événements.

Ajoutons encore, pour bien dépeindre la situation, qu'on

avait fini par s'accoutumer à tous les bruits alarmants qui avaient cours depuis les premiers désastres. On ne racontait plus, comme au début de la guerre, que l'ennemi enlevait tous les hommes valides pour les faire travailler dans les tranchées en avant de la ville assiégée. Les vieux qui avaient vu les deux invasions rassuraient tout le monde. « Oh! j'en ai vu, moi, des Prussiens, des cosaques, des kaiserlichs et tout, et me voici tout de même. Ils ne nous mangeront pas, etc. »

Après les trois ou quatre paniques inénarrables où nous avions vu la population affolée des villages de la plaine accourir dans nos montagnes avec leur bétail et leurs objets les plus précieux, puis repartir au bout de quelques jours, on avait fini par prendre le parti d'attendre sans inquiétude exagérée et sans s'éloigner de son domicile.

Entre temps, on avait enfoui et caché des provisions, des habits et tout ce qui pouvait tenter la cupidité et la rapacité bien connues des envahisseurs.

Le matin du 2 Novembre, chacun vaquait donc à ses affaires.

Quelques personnes s'étaient rendues dans les champs pour les dernières récoltes, et des ménagères étendaient leur lessive au soleil d'automne.

Les volontaires seuls avaient pris les armes. On ne voulait pas que le village fût pris par quatre hulans, comme l'avait été la grande ville de Nancy; Rougemont, ancienne cité seigneuriale, comme l'attestent encore les ruines de ses trois castels et la belle monographie qu'en ont faite MM. Liblin et Tallon dans la Revue d'Alsace, Rougemont devait montrer les dents en avant de Belfort et ne pas mentir à son passé batailleur..

Cela dit, rejoignons nos Spartiates sur la route de Maseveaux, à la recherche de leurs Thermopyles.

Tout alla bien l'espace d'un kilom., jusqu'au pied d'une colline assez élevée qui ferme l'horizon à l'Est du village.

On gravit la montée en explorant le pays. A droite de la route, la colline descend en pente douce et se trouve couverte de champs cultivés qui courent parallèlement à cette même route.

On y remarque aussi deux longues prairies, formant vallons; des buissons, quelques gros arbres fruitiers. Impossible de s'échapper par là. Le pays est trop à découvert.

A gauche de la route, d'abord des prairies sans aucun abri, un chemin perpendiculaire à la route et enfin au sommet de la montée, des champs cultivés comme à droite. Au-dessus de ce terrain, des bruyères qui gravissent le versant abrupt de la colline, une petite forêt en exploitation avec ses toises de bois et ses cents de fagots, puis le grand bois, la futaie et la montagne qui doit servir de refuge. On tâchera de la gagner.

Les frères d'armes de Rougemont la connaissent bien.

Voici nos héros au sommet. On se retourne et on jette un dernier coup d'œil sur le village, caché dans la petite vallée de la Saint-Nicolas et dans les vallons du Vieux-Château (Castel du Haut.)

On n'aperçoit plus que le clocher qui jette à ce moment dans les airs la courte sonnerie de l'élévation.

Quelques pas encore et voilà nos enfants perdus en vue de la colonne ennemie, à deux cents pas environ, qui se déroule immense sur la route, semblable à un long et énorme serpent boa sortant de la forêt des Gœtz-Guth.

Parmi les casques étincelants, on aperçoit quelques bourgeois prisonniers, marchant au premier rang. Dans le nombre, M. Perros de Rougemont, Directeur du tissage de Guebvenheim (8 kilom. de Rougemont), pris l'avant-veille les armes à la main.

Alors, au milieu de la crépitation de la fusillade, le Lieutenant Géhin, surpris, mais conservant assez de sang-froid, s'écrie: « Feu, feu! Dans la forêt et à volonté! »

La plupart s'échappent, gagnent les champs, les buissons, traversent la coupe en exploitation et par la forêt et des sentiers cachés disparaissent et s'enfuient au village, cela après avoir tiré quelques coups de fusil.

Un certain nombre, après avoir déchargé leurs armes sur la colonne ennemie, espérant pouvoir s'échapper à temps, rechargent, visent, tirent dans le tas et battent en retraite en se cachant derrière les gros arbres qui bordent la route.

Ce sont les bons tireurs, les chasseurs agiles. Les Allemands font feu de leur côté. Des soldats se détachent des rangs et bientôt, toujours tiraillant, la chasse à l'homme commence à travers la coupe et les sentiers de la forêt. Quelqnes Français sont blessés, d'autres sont tués à bout portant, derrière les fagots ou les toises de bois qui devaient leur servir de rempart.

Quelques-uns, plus heureux, sont sur le point de gagner les grands bois, mais alors du haut de la forêt débouchent des hulans qui ont contourné la colline à la première alerte. C'est la perte de plusieurs de nos intrépides gardes-nationaux.

De ce nombre, le Lieutenant Géhin qui s'est sans doute acharné à ne pas abandonner ses hommes. Déjà blessé et poursuivi dans la coupe par deux hulans, il abat le premier d'un coup de pistolet, mais il est cloué au sol par le second et bientôt achevé par les soldats.

Tous ceux qui restaient furent tués sans pitié, dépouillés de leurs habits, de leurs chaussures et traînés à travers champs et buissons, à deux ou trois cents pas de là, jusque sur le bord de la grand'route.

Des morts furent trouvés à plus de deux mille mètres dans la forêt.

Trois jours après, on en découvrit encore deux, et à la sortie de l'hiver, un cadavre méconnaissable fut relevé, perdu dans un ravin.

Nous avons appris, un peu tard, quelques renseignements sur cette dernière victime.

C'était un maçon domicilié à Giromagny. Revêtu de ses habits de travail : blouse blanche et pantalon de treillis sentant la chaux et le mortier, il s'avançait un des premiers dans la bande héroïque.

Il A laissé une veuve et sept petits enfants. Toutes les recherches faites pendant l'hiver sur les instances de la malheureuse femme, étaient restées infructueuses.

A la première fonte des neiges, un paysan qui parcourait la forêt en récoltant péniblement un peu d'herbe sèche pour son bétail, affamé par suite des réquisitions allemandes, finit par le découvrir, suffisamment conservé par la gelée pour établir son identité.

Sa glorieuse dépouille a été inhumée dans le cimetière de Giromagny.

Revenons un peu en arrière pour expliquer la présence des hulans.

Trois volontaires, impatients d'en venir aux mains, avaient pris les devants au lieu de stationner à Rougemont.

Ils arrivèrent sans encombre jusqu'en vue de la croisée des routes de Lauw et Masevaux. Trois hulans d'avant-garde s'avançaient tranquillement en devisant sur la grand'route.

Les trois fusils à tabatière s'abattent, un hulan vide les arçons et les deux autres prennent la fuite.

Une minute après, un gros de cavaliers, le fusil en arrêt, se montrent sur la route. Nos trois Français font une nouvelle décharge, puis prennent la fuite à travers bois, au milieu du crépitement d'une fusillade enragée qui se perd dans les arbres.

Les trois audacieux gagnent la montagne, jouent des jambes et finissent par rentrer sains et saufs à Giromagny, distant d'au moins 14 kilomètres.

Les hulans craignant une nouvelle surprise pénétrèrent dans la forêt, la fouillèrent, et, par des sentiers et des chemins de défruitement parvinrent assez tôt au-dessus du Champ-des-Fourches pour couper la retraite aux gardes-nationaux.

Voici les noms de ceux qui reposent dans le cimetière de Rougemont. (Extrait des Actes de l'Etat civil).

1º Le Lieutenant Géhin, Nicolas-François, 34 ans, propriétaire, né et domicilié à Chaux, époux de Perrod-Vincent, Françoise, de Rougemont; a laissé une veuve et deux enfants.

De sa tombe, on découvre le Champ-des-Fourches et les Hautes-Fouillies, théâtre de cet étrange combat.

A 500 mètres plus loin se trouve la frontière actuelle, visible à un petit ruisseau et à une simple pierre borne. Des poteaux aux couleurs allemands avaient été plantés là. Ils ont disparu.

Nous ne ferons pas nos adieux à ce téméraire mais regretté patriote sans dire un mot de Madame Géhin.

A leur arrivée à Chaux, les Prussiens, parfaitement renseignés, firent irruption dans l'habitation du Commandant. L'un de ces barbares jette sur la table le képi enlevé à

M. Géhin, et bientôt les cris de surprise de ses deux petites filles attirent l'attention et provoquent les angoisses de leur mère.

Cela fait, nos héros mettent la maison à sac et se conduisent en véritables vandales, volant, cassant, brisant les meubles et défonçant les tonneaux.

2° Hartmann Morand, 28 ans, ouvrier, domicilié à Rougemont, époux de Louise Villemain, de Rougemont.

Ces deux veuves ont obtenu de l'Etat une pension viagère annuelle : 800 francs et 400 francs.

3° Libelin Louis, 30 ans, journalier, domicilé à Chaux, époux de Chappuis Clarisse ;

4° Prévost Jacques, 31 ans, célibataire, cultivateur à Chaux ;

5° Palmer Jean-Baptiste, 28 ans, célibataire, maçon, domicilié à Giromagny ;

Trois inconnus.

Tous ces vaillants furent enterrés à la dérobée, tant on craignait les représailles des héros de Bazeilles et de Châteaudun.

> Braves enfants, ouvriers sans fortune,
> Pour la patrie et non pour un château,
> On vous a vus chercher votre tombeau
> Et puis mourir sans la plainte importune !

-- Puissant argument en faveur du service militaire obligatoire. —

Nous ne pouvons aujourd'hui que louer cet acte d'héroïque folie ou de patriotisme aigu, dû uniquement à l'initiative de nos gardes-nationaux, et regretter qu'il n'ait pas été mieux dirigé.

C'était la résultante des aspirations de nos patriotiques populations.

Cependant les Prussiens, du haut de la montée, bombardaient Rougemont. Leur point de mire était le clocher de l'église.

Deux maisons, situées sur la route de Masevéaux, à 250 mètres et dans la direction de l'église, reçurent des projectiles. L'une couverte en chaume, prit feu et fut bientôt entièrement détruite, malgré les secours empressés des habitants qui songèrent tout d'abord à sauver la propriétaire, pauvre femme, malade depuis longtemps.

A quelques pas de là, un cultivateur effrayé (M. Jacques Donzé), se mettait en mesure de gagner la forêt avec ses deux bœufs, comptant ainsi les mettre en sûreté. Il fut atteint d'un éclat d'obus à la tempe et tué sur le coup.

Peu après les Prussiens arrivèrent et s'emparèrent des bœufs sous le prétexte qu'ils gênaient la cirulation.

L'église reçut aussi quelques projectiles.

Ce bombardement inattendu avait provoqué une nouvelle panique.

On put voir des femmes chargées de divers objets se sauver dans les bois. D'autres, plus courageuses, leurs enfants sur les bras, s'en allaient consoler les familles atteintes par le malheur.

Témoin, l'une de ces vaillantes : « Votre frère vient d'être tué et les Prussiens emmènent ses bœufs » disait-elle en pleurant à l'une de ses amies.

Quelques officiers supérieurs allemands, présents à cette scène, ayant sans doute mal compris, donnèrent à cette femme plusieurs pièces d'argent, pour une valeur d'environ vingt francs.

Nous consignons ce fait pour prouver une fois de plus que les soldats allemands avaient reçu l'ordre exprès de se montrer très humains dans les pays qu'ils comptaient annexer.

Ils se conduisirent d'autant plus mal dans la Haute-Saône, aux environs de Paris, etc. On n'a pas oublié le pillage de nos châteaux nationaux et les histoires de pendules et de tableaux.

Un gros de hulans s'étaient rendus au galop à Rougemont par la route devenue complètement libre. Ils se rencontrèrent avec une nouvelle colonne des leurs qui arrivaient au bruit du canon, par la route de la Chapelle. Le village paraissant *conquis* et complètement tranquille, le feu cessa et les hommes détachés, hulans ou fantassins, qui avaient continué la poursuite des gardes nationaux à travers champs, haies et vergers, rejoignirent bientôt et tout fut terminé.

L'ennemi fit encore une reconnaissance dans la manufacture Erhard. Il espérait peut-être y découvrir des hommes armés ou des fusils, car il savait probablement que le Directeur de cette manufacture avait exercé les gardes-nationaux de Rougemont.

Deux pièces, mises en batterie, près de la fabrique, servirent à fouiller les hauteurs de la Côte, forêt qui domine Rougemont, à l'Ouest, sur la route d'Etueffont-Haut, comme le champ-de-Fourches ferme son horizon à l'Est sur la route de Masevaux.

C'était l'arrière-garde des volontaires que l'on voyait de Rougemont, grouiller dans les éclaircies du bois.

Peu après, les Prussiens prenaient la route d'Etueffont, emmenant avec eux le maire de Rougemont accusé d'avoir organisé la résistance, et quelques hommes surpris sans armes dans les bois ou circulant dans les rues du village.

Le maire, malgré son attitude digne et correcte, et malgré sa parfaite connaissance de la langue allemande, fut lâchement et horriblement maltraité : bourrades, coups de poing, coups de pied et de crosse de fusil.

Menacé d'être fusillé, il fut emmené à Grosmagny où il subit un long et pénible interrogatoire. A la suite de démarches et sur les vives instances de ses amis de Rougemont qui firent tout pour le disculper, il fut remis en liberté quelques jours après.

Inutile d'ajouter que ce magistrat avait dû présenter la liste des armes reçues dans la commune. Tous les fusils furent livrés comme c'était l'usage. Pour chaque fusil manquant à l'appel, la commune dut payer une forte amende, selon la germanique coutume des envahisseurs.

Nous citerons encore parmi les prisonniers le nommé Lauber, de Rougemont, ouvrier bûcheron. Blessé d'une balle à l'abdomen, il fut pris dans sa fuite et cruellement maltraité, il fût relâché à Grosmagny ; les 2 frères Démeusy, de Leval, arrêtés à leur sortie de la messe : « Vous avez des souliers, francs-tireurs, dit l'officier ; on va vous fusiller. » On ne les renvoya qu'arrivés à Chalonvillars (Haute-Saône).

Pour éveiller les soupçons de ces soudards, il suffisait d'être chaussé de souliers, habillé d'une blouse, bleue ou blanche, ou d'un habit à peu près convenable.

Disons en passant qu'ils craignaient beaucoup les francs-tireurs. Ils ne connaissaient nullement la garde-nationale et il fallut, longuement, à Rougemont, leur expliquer cette organisation pour tâcher de sauver les prisonniers.

Plusieurs hommes, avant d'être rendus à la liberté, subirent une honteuse et terrible schlague. Messieurs les Prussiens, comme on le voit, ne perdaient pas de temps pour donner à leurs futurs frères les premiers éléments de leur éducation civilisatrice.

Voilà les Allemands sur la route de Belfort. Ils emmènent avec eux leurs morts et leurs blessés. On peut les suivre à la trace.

Dans la même journée, ils vont passer à Etueffont-Haut et se saisir de M. Lacreuse, curé; M. l'abbé Miclo, vicaire et M. Verrier, instituteur. 1 kilomètre plus loin, M. Miclo, sans provocation aucune de sa part est tué d'une balle par un soldat qui tenait sans doute à s'entretenir la main. « Le grand chef » présent ne trouva qu'un mot pour punir l'assassin :

Regrets, Regrets.

Nous connaissons aussi l'arrestation et le transport à Rastadt — où il subit plusieurs semaines d'une dure captivité — de M. Verrier, instituteur à Grosmagny et frère de l'instituteur d'Etueffont-Haut.

Ce dernier qui était parvenu à s'évader, se rendit auprès du général Treskow, commandant en chef de l'armée du siège.

Il plaida si éloquemment la cause de son frère, malade et captif, en s'offrant comme otage que le général ennemi en fut touché et signa un ordre d'élargissement.

Quelques jours après, le prisonnier rentrait à Grosmagny où il mourut au mois d'avril suivant, l'esprit hanté des tortures qu'il avait endurées.

Mentionnons pourtant qu'il fut parfaitement soigné durant les derniers moments de sa captivité, au reçu de la lettre du général.

Il est bon d'ajouter que M. Verrier avait été accompagné par M. le pasteur Abt de Belfort.

La belle attitude du dévoué pasteur désarma le général qui voulut bien, quelques jours plus tard, lui accorder aussi la liberté de M. Perros, de Guebvenheim, dont nous avons déjà parlé.

Madame Perros, née Ringenbach, auparavant institutrice à Rougemont pendant plusieurs années — mère de deux enfants en bas âge était venue elle-même solliciter la grâce de son mari. La digne et pauvre femme mourut quelques semaines après, des suites de ces douloureux événements.

Nous nous arrêtons pour ne pas sortir des limites de notre cadre et nous terminons par un autre épisode de la journée.

Vers trois ou quatre heures de l'après-midi, alors que les Prussiens avaient complètement disparu de Rougemont, une bande de francs-tireurs descendit allègrement la rue de Bavière qui court au pied du Vieux-Château.

« Ces MM. étaient tous bien mis : chapeau tyrolien relevé d'une plume, belles guêtres ou bottes molles, tenue élégante, confortable et soignée sous tous les rapports, sans parler de la bonne mine de gens qui se tiennent bien à une bonne table. »

Il est regrettable que ces chevaliers, du reste tous parfaitement armés, n'aient pas fait leur apparition au bon moment, non loin du Champ-des-Fourches. Cette diversion aurait peut-être sauvé quelques-uns de nos enfants perdus.

Ces quelques pages appartenant à l'histoire locale, nous avons cru devoir nous étendre.

On ne saurait trop, pour nos enfants, s'arrêter à l'histoire du pays natal. C'est là que commence l'amour de la patrie et que poussent vivaces dans notre âme ces sentiments bénis qui devront nous soutenir pendant toute notre existence et nous faire accepter avec résignation, mais toujours sans découragement, les jours de deuil et de tristesse. Cela en souvenir des joies si pures goûtées dans notre enfance, du bonheur calme et sans mélange, que nous devons aux jours ensoleillés, aux jours d'espérance vécus sous l'œil attendri et protecteur de nos parents.

———

CONCLUSION

Nous ajouterons une ligne pour nous féliciter de notre organisation militaire actuelle.

Nous aimons à espérer que si jamais la patrie est de nouveau « déclarée en danger, » chacun, se levant, saura et devra, dans la mesure de ses forces et de ses moyens, concourir à sa défense.

Nous imiterons nos ancêtres, les Gaulois. A l'approche de l'ennemi, tout le monde était debout et femmes, enfants, vieillards, venant à la suite des guerriers, savaient combattre et mourir sur le seuil du berceau sacré de la famille.

Rougemont-le-Château, Septembre 1888.

A. GÉANT,

OFFICIER D'ACADÉMIE,

Président de la Société de Secours mutuels (Alsaca-Lorraine, des ouvriers de toutes les professions de Belfort.

Nous ne saurions mieux terminer cet opuscule qu'en rappelant, ici-même, la mémoire d'un homme qui a consacré aux enfants de Rougemont la plus grande partie de sa vie.

Il s'agit de M. Gaumé. Lui aussi mérite de figurer au Centenaire.

Le 5 Juin 1888, ont eu lieu, à Rougemont-le-Château, les obsèques de M. J.-B. Gaumé, instituteur en retraite, décédé à l'âge de 78 ans, après une longue et douloureuse maladie. Outre la famille, quelques collègues et amis du défunt, on remarquait dans la nombreuse assistance une délégation des écoles communales de garçons. Le Conseil Municipal, presque au complet, marchait à la suite de M. Donzé Louis, adjoint au Maire.

Après la cérémonie religieuse, le cortège s'est rendu au cimetière et, sur les bords de la fosse, un des anciens élèves du défunt, M. Géant, professeur à Belfort, se faisant l'interprète des sentiments de tous a prononcé le discours suivant:

Mes chers compatriotes,

Nous sommes venus nombreux pour rendre les derniers devoirs à ce modeste homme de bien qui, pendant plus de quarante années, a consacré tous ses soins et la meilleure partie de sa vie à l'instruction et à l'éducation des enfants de notre petite commune.

Un célèbre philosophe de l'ancienne Grèce, qui avait eu pendant sa vie de fort nombreux disciples, avait recommandé en mourant aux magistrats de la cité de donner aux enfants de toutes les écoles un jour de congé à l'anniversaire de sa mort. C'est dire qu'à cette époque déjà, on entourait d'une religieuse estime les maîtres de l'enfance.

La biographie de M. Gaumé peut tenir en quelques lignes. Arrivé à Rougemont au printemps de l'année 1833, le dimanche des Rameaux, comme il aimait à le redire pendant les longues journées de souffrance de ces derniers temps, il n'a plus quitté cette localité qui était devenue la sienne. Il naquit à Grosmagny et se prépara consciencieusement, dès sa première jeunesse, au moyen des faibles ressources de l'époque, au lourd honneur, à l'austère profession d'éducateur de l'enfance. Cette noble et patriotique, nous n'oserions dire pénible et parfois bien ingrate mission, l'avait attiré dès l'âge de raison. C'est un amour qu'il avait conservé jusqu'à la fin de sa vie. Même pendant les années de sa retraite, il aimait à s'entretenir des questions d'enseignement et c'est avec un indicible bonheur qu'il citait les succès de ses anciens élèves. Un tel a passé brigadier, un autre major; en voilà un qui mettra bientôt la main sur l'épaulette.

Pour lui, le défenseur de la Patrie passait avant tous les autres. « Quel beau poste! » nous répétait-il souvent. On aurait dit qu'il pressentait la défaite avec ses milliers de victimes, l'invasion et ses horreurs, l'annexion avec ses douloureuses suites et les poignantes souffrances de tous les jours. Nous ne pouvons rien dire de l'avenir, mais ici, à deux pas de la frontière, il est bon, il est sage d'évoquer tous les souvenirs pouvant raviver notre patriotisme et rappeler à chacun son devoir. Une des plus grandes satisfactions de ce bon maître c'était de dire que tous ses élèves étaient devenus des hommes de bien.

Nous ne rappellerons pas les lourds travaux de ces quarante-cinq années de service. Seul, à la tête de cent dix, cent quinze ou cent trente enfants, entassés dans une salle trop étroite et malsaine, avec un mobilier scolaire très insuffisant, il se dévouait tous les jours, prenant sur son repos les heures qu'il donnait alors au service de l'église.

Quand la fatigue l'éprouvait, quand sa voix faiblissait sous la trop lourde tâche, il écrivait au tableau noir ses maximes favorites : « Enfants, du courage, le travail chasse la misère. — Aide-toi, le Ciel t'aidera. »

N'oublions jamais les services que nous a rendus M. Gaumé. Aujourd'hui, en 1888, lorsqu'un ouvrier, pendant trente ou quarante ans, a servi loyalement le même patron, M. le Ministre du Commerce et de l'Industrie lui décerne une médaille d'honneur.

La commune de Rougemont doit payer à M. Gaumé sa dette de reconnaissance. Qu'une tombe due à notre générosité s'élève bientôt pour rappeler à tout le monde cet honnête homme. La municipalité se mettra sûrement à la tête de la souscription que nous appelons de tous nos vœux.

Et maintenant, cher et vénéré maître, qui avez été bon et bienveillant pour tous, jusqu'à consacrer une partie de votre petit avoir à soulager des infortunes intéressantes, qui avez été modeste au point de ne jamais rien demander à vos supérieurs, reposez dans la paix de votre conscience.

Votre mémoire ne périra pas.

A MON PAYS NATAL

POUR LE CENTENAIRE

Berceau de ma famille, aujourd'hui les confins
De notre belle France, à la sublime fête
On nous a conviés ! Invitons nos voisins,
Amis ou ennemis. La Liberté s'apprête
Pour éclairer le monde. Et la Fraternité,
Qui brise tous les fers, montrant au pauvre esclave
Des Ages d'autrefois l'universalité
De ses droits reconnus, sur la dernière épave
D'un passé plein d'effroi plantera son drapeau.
« Au gui l'an neuf ! » Chantons le renouveau !

Belfort, le 30 Novembre 1889

www.ingramcontent.com/pod-product-compliance
Lightning Source LLC
Chambersburg PA
CBHW072217210626
46818CB00014BA/2414